JN184855

魔笛

広瀬大志

思潮社

I　白い旅

Ⅱ　HM／HR

I

白い旅

最後の詩篇

円筒印章を転がして
丸めて
うまれたところから
いなくなるところまでが
つながる

自分自身を
最初にたとえられた言葉と
最後にたとえられる言葉の
あいだ
あなたの見てきた風景のなかの

いくつかの名前に
あなたはなりたかった

それは
あいまいなことではなく
それが
川のしるし

人の声が水の流れから
聞こえては消える

最後に
最初の詩と言って
あなたは名辞(とこよ)を渡される

アヴァロンの秘密の庭

わたしに必要なのはあなた
と
腹に落書きされた白い馬の群れが
雨上がりの
森を走り抜けていく
地響き
小さな池の波紋
歪んでいく森
消えていく森
しばらくして
脱ぐのを一度もためらったことのない娼婦が

8—9

物語を懸命に再生させようとしたが
森に録音されていたのは
モードレッドとの戦いで傷ついた
アーサーが訪れる前に
結ばれた
アヴァロンの
林檎の匂いだった

雪の歌謡

アウロラならば
火を咲かせたあとは
昏の見えない馬車に乗って街を離れるだろう

雪の歌謡を集める旅で癒される
仮の城壁の傷
とても無力なままで

手を離した二つの人骨が
同じ冬に沿って立つ
そこからレイキャビクへ

ほど近い薔薇へ
そこで時は止まり
血は
母親の話を最後まで聞かずに寝息をたてるだろう

冬の歌謡

冬
冷ゆ
震う
失踪者は
磯菊供えて

ベテルギウス眺め
言葉どおりの意志が
風下にむかってのびて
死後の世界を信じていて

そんな女の人は見たこともないし
憎しみをぶつけられていた表情だし
仕掛け網に入っていた首から先の歌に

氷魚（ひお）詰めて
冷ゆ聴き
振るう
震う
冬

完備な市街

手がかりは
霧雨に変わりつつある外壁を海辺に切り落とす

だからわたしになにがおこった
どうやって
なにものかが
昼食の沈黙へ
長い泡のライムの中に肩をすくめる霧雨を
おおいかくしたのだろうか

少年が庭に落ちる寸前の金属に似た音は

霧雨を向かい合わせにした市街の
歌の湿り気

片方の膝頭はぐるぐる回る
折れた水滴はその場に凍りついていく

だからわたしになにがおこった
どうやって
なにものかが
沈黙の意味へ
長く続くとは思えない冷たい眠りを
えがきおえていくのだろうか

甘美な（霧雨）
（霧雨の）死骸

紺色のゴミ処理トラックも濡れる
灰色の石も
緑色の石も濡れる
土色の音も
音の外れた黄色い顚末も濡れる
雫の黒い模様も
透明な人も脚も
薄い赤いワンピースも濡れ
濡れた市街は海が歌うように濡れる

幻糸

夏の葉の落とす影は双頭のミューズの形をして
いつまでも震えている

わからないあたりを聞きに半分は死んで半分は生きる

野のつながりは蜘蛛の張る昔のできごととして
女は腰に巻いていた海図を解くと
一面の細い滝に水色の潜戸（くけど）が背骨を抱きにかかる

全ての風土記に鎮められた音の荒ぶる土の耳の気配

最後の神話では最初に鳥が鳴き
そこから終わらない糸が人を奏でていく
羽根をたたんだ丸い陶器がふたたび飛び立つまで

ねえいつまでも
緑が震えている

パルス

室内楽をいくつか
ドビュッシーを弁護する夢
山高帽をかぶった風景は
可能性に満ちている夜に
少女の性欲を出迎える
夜明けの林の中で
音楽がはためいている
解剖されたいくつか
月の影を鎖骨にあてて
意味を持つパターンを繰り返している

*

「音楽とは、何かではなくて、そのもの」
メロディーがハンドルをきる
書き上げたばかりの詩が
手のひらを見つめている
傷つきやすい前奏曲から祈りの部屋へと
たどり着いた海原は
天井に張り詰め
鳥の目がまばらに光っている

*

演奏者のいないオーケストラの椅子の上には
何も書かれていない一枚の紙が置かれている
誰も座っていない客席からは

古いツバメの巣を壊すときの音がする
バスクラリネットが最初の音を出し
ヴァイオリンのピチカートが
ピアニッシモではじまるまで
それは続く
しかし演奏される場所と時は定められていない
どこかでプラムが実り
カイツブリが産卵し
木鼠たちが静かに目を覚ますように

＊「　」内はリチャード・パワーズから

タイフーンのあとの女

日傘に
緑をおさめて歩く女
かたわらの楕円銀河で
神は無言の役割を敷衍している
明るい森で出会ったその女には影はなかった
(彼女から発せられる隠された力)
ヒールの音

タイフーンのあとで

解釈者たちによれば
いちど自殺した緑は
ふたたびあふれあい
たがいに照明するといわれている

日傘の女は天体の形状で訪れる

＊（　）内はダンテ『煉獄篇』第三十歌（村松真理子訳）から

循環

（光）の照らす
場所に何が映し出され
誰の目にそれが行われるか
腕を嚙み
差し込んだ一つの犯しを
生きたまま受ける
醜い姿をした言葉で
詩が明かされるように
ついに弱り果てた物語は
記憶の残照に変わり
深淵から

（光）を掬う

白いはじまりに至る
その理性が成就されることは
この循環の中にはありえない
赦しとは偽りの詩の言葉であり
闇という存在は無いのだから

新たな明るみを続け
続けることを続けていく

草虫の部屋

知らない人の夢をみる
知らない人になっている

晴れつづけていたり
言葉で何もしなかったり
眉を上げて
美しい恋人の口元から
こぼれる雨を
眺めていたり

心の一番深いところにある人格が

空の一番高いところにある青さに
焦がれる

荒野は溺れかかる水の群れで
やがてゆっくりとつながる
眩い鏡となるだろう

だから
わたしは
どうしようもないままに
風に揺れ
蝶と草とを泳ぐ

亡霊のいる部屋をでた

生き物であることを

お墓で知りに

約束の場所から（熊本のために）

なくならない
いなくならない

ひかりはいつもあたらしい
うまれるむかしからずっと
だから
なくならない
いなくならない

かぜをすいこむと
からだのなかでおとがなる

だから
なくならない
いなくならない

手があたたかい
目があたたかい
声があたたかい

やくそくはつづいている
それはうまれたときからずっと
だから
なくならない
いなくならない

わたしが問うためには
わたしの形がその前にある

遠いところから
わたしの形が続いている

約束された場所から
約束される場所へ
時間ではない記憶が流れてくる
わたしは生きている
わたしの生まれていない方へ

かたられる水
さかのぼる水
さまよえる水
水は人の漂着
人の世の漂着
はじめの一滴

いつのころか
いかなる過去かと
水のささやく声が聞こえてくると
それは
一番最初の朝から
一番最後の夜までの
約束された問いの時間の
うっすらとした場所のかたちを
与えてくれる

「わたしの生まれた場所と
わたしの死ぬ場所の
ただ
わたしは喩えであるのか！」

生まれた場所の水の声の方に

わたしは死ぬことを繰り返しながら近づいていく
ただ水のように
繰り返される水の
流れのように

だから
なくならない
いなくならない

いのちは
ことばで
光の群れになる

ここは一番最初の名前
黄金色に輝く
わたしの生まれた場所

約束の場所

なくならない　で
いなくならない　で

わたしはあなたに
おはようという

生き物たちは
かさかさと動きをはじめ
戸口からは
次の宇宙に向けて
光が
溢れでようとしている

川に届く羽の歌謡

鍾乳石の柱廊を抜けて
森を開ける光を
蝶の降る目の飛沫を
艶めかしい鳥たちの交尾の囀りを
山犬の死骸を埋めつくす苔の鮮やかな湿り気を
それは幼いころからの願いだった
言葉が想像よりも美しいこと
一枚の絵が続いている

終わりのない断片かもしれないそれに
黙って微笑むと声が聞こえる
「わたしの方からは扉は開けられないから」

川に羽が届くまで
署名もしないままに
秘密を分かち合おう

言葉は想像よりも美しい

黒衣の家

子供たちは小声でお祈りを呟いたあと
椅子の腕木を揺らしている

最後の別れを告げに霧が
あなたの似姿を
絶望的な柱時計の鳴る
部屋の表情を
夜に折り返している

悲しみは実質のない眠りへ
眠ることのできない逃避へ

と向かうのだろう
ここから別のここへと

知らないふりをしている魂の
誤謬の
帰結こそが
ただ一つの
死であるのか

「まだ二階にいるかい
いつもうつぶせに
寝ているかい
水色のパジャマで
枕元には銀縁の老眼鏡を
日記帳の上に

置いているかい」

記憶は装われたあらゆる供犠である

子供たちは鐘の鳴り止むのを待ったあと
建物の裏側にまわる

とても小さな鳥が
魔術のように
消えていった

あなたのことは知っている
もう何も
無い

アヴァロンの庭の秘密

金箔張りの椅子たちが
森に囲まれた庭のお皿で回りだす
誰も振り返らないくらいに
長い長い時が
流れた先には
一枚の木々
一枚の小道
一枚の池
十年も舌をつけていた女がいる
まっすぐにのびた髪が
磨きあげられたマホガニーの色だった

揺れる
自分で喉を切る
麗しいヴィヴィアンの真相
義理の伯父は女の陰核を欲しがり
探偵は女の眼を洗ったばかりなのに
もう土に落としてしまい
仕方なくしゃぶりなおしている
遠いアヴァロンの
わたしはそれがいつのことであったか
憶えている味がする

魔笛

受け取り手のいない
名前は
夜を満たしていくが
それ自体に
概念はなく
ただ
セキレイの硬直した体を
小さな笛にして
細い音を鳴らすと

開きかけたドアは

睡眠のさらに
奥の眠りへと
補完されていく
一つの死の
確かな
余白となる

それを暗闇と
呼ぶならば
静まりいく
その名前は
決して明かされることはない

もしも
受け取ろうとする手が
宙をかき回すと

形がつくられ
何者か戦慄する

Ⅱ

HM／HR

犬の舌の上の夏

幻想の範囲は距離とは関係ないから
遠いおまえの方を選ぶことで世界が滅びても
それは見合ったギャンブルをしたのだと
ゴドウィンを無視した怪物の気持ちでいられるよ

その夏服の胸元は制限された美徳のように
曖昧な風を呼び入れている
おれは黄色い麦藁を口にくわえて
二人だけのわずかな利益を計算しなおすことにしよう

犬の舌の上の夏

囲ってくれる冷えた太陽が見つからないなら
ずっと抱いているだけで幸せな背中から
影は厳しい日没の色に変わっていくのだろうけれど

「何が見つかると思う?」
「永遠ではないよね」

*父である功利主義者ゴドウィンの反対を振り切り、詩人シェリーのもとに走った
メアリはその後、かの怪物を創造することとなった。

流星

限りのあるものは木に吊るされ
歩きはじめた道を進んでいくと
外の音がまるで聞こえない
口づけで涙をぬぐいとった道
蜂の巣にされた車が捨てられている
通風孔の入り口に飛び散った脳漿が脅えながら
誰を始末した方がいいかどうか
未だに理性をくもらせている
一枚嚙んでいる連中が青く塗られている夜
赦される罪かどうか
どういうわけで自分の領分になったのが誰か

確固とした永遠の絶望を歩きはじめた道
負けたあとで柩の蓋を閉め
臭い腰をおろした道
外の音を聞こえなくするために
何度もナイフでなぞった地図
おれは嘘はつかないから
語られた嘘からは眼をそらさずに
テーブルに脚を載せて真実の嘘を話していた

歩きはじめた道に
歩きはじめた靴の道に
歩きはじめた靴を誘導する野良犬の道に
餌を食べるのを眺めたあとで稲妻が光ったら
もう横たわってもいいと思う
思うのか。思う。そう思うよ。それはその前からはじまっていることだ。
顔を撃たれた男がこっちを見ている

翼の絵の夜はシリンダーに微笑みかける
歩きはじめた先に扉があるおかげで
部屋はまだ開いている。開いているのか。灯りが燃えているだろう。
おまえは眠りながら泣いているのか
夢を思い返すことを
さまたげるものは何もないから

帰る部屋はまだ開いている
革張りのシートにたどり着くから
扉を静かに開けて
変わった考えの抱擁と一緒に
それがどれくらい的確な武器の喩えなのかを掻き寄せ
歩いてきた道から
いっさいの諦めを
解き放つことのできる暗がりの
風にすがろう

限りのあるものは木に吊るされ
やがて
流星になる

制作

一貫性と自律性が詩人につきまとう草
を分けて
欲望は最大距離の眩い立体を繕う

曇り空の微細な均衡の不安が
限られた退却への時間と知りつつも
ひどく淫靡な呪文にかかる
ことが絵の液体である

「人混みは執念深い」

「どうしてそう言いきれるの?」

「敬虔なモチーフが鳥じゃない」
赤いガラス窓に見えるエピタフ
「何が見えているのかわからない？」
「供養だ」
「まだ生きている垣根なのに？」
危機と診断された美術を手にとる
虚妄の兆候は理性を不自然な本質とするから
真っ黒な木が女と手を繋いで
車の前に飛び出していく

近づくことのできる夢を
抑揚の承認と考え
言葉は制作していく
新しい歪みを持つ
一滴の海を人の中に

「一人で生きている所じゃないから?」
「それはもう遅い物語だ」

さもなければすぐに消えてしまうだろう言葉は
体のあらゆる部分とも比べられ
それを現実と呼ぶこともできる羽根が
いつまでも舞う

哲学ゾンビ

汚れたコンクリートの床の
（音響論的饒舌）
誰かと抱き合うようにして
どっちか選べ
すぐに死ぬか
ゆっくりと殺されるか
それとも
（音楽論的沈黙）
あっち側からもどってくるか
「穴を開けるんだよ」
顔に

信じがたいほどの笑みがこぼれている
「実際には支配に服従する」
ソプラノの声が
とりわけ階段の降り口近くで血を流す
選ばれし第三の啓蒙の答えは
（認識論的回収）
髪の生え際に食い込んでいる光を
いま走らせているのは
暴力を継承しつつ
人が可能な力で誤解のないように
食い散らかす
承認された新しい花束のことだ
おまえの体臭が
金物屋に並んだ魚のように懐かしい
「いうことときかないの」
森は大げさに真鍮の首を伸ばしている

人の教会は男の姿を消している
「あらゆるものは使い捨てられる」
「必要な解釈を与えて」
女は金切り声を上げる
（語用論的楽器）
どこかで拍手と歓声があがる
指でまさぐっていた股間が目覚める
わずかに眉があがり
事故車のように潰れた体が意志を持つ
口の端から茶色いよだれが垂れる
肩から肘にかけて筋肉が痙攣する
抉られた眼孔がもどるべき道を探す
（批判論的狩猟）
種類の違う静寂が
大切な道具を鞄に詰めるときの音楽が
夜明け

不規則な足音
歴史的に見れば
「人がいない場合でも水が流れることがあります」
この始まりは
不可避な排泄であり
しかし必ず行き詰まり
酷く臭う難解な便所に至る
この終わりは
むしろ
神話と呼ぶにふさわしい
これからの生首

頭蓋穿孔

絞め殺しイチジクに突っ込んだ目は奇数
断ち落とされた蝶から手首の外側へ貝殻は動く

「神は球体である」
進路をたどる

言葉が予言的になると
詩人は未来に戦いを挑んでは負ける過去が兆しに起因する
天文の温存した死生観が「形式も内容に劣らずお粗末」ならば

広大な死の数こそは奪い取られた現在であり
敏感な人間の意見の数を星々はいまも真似ている

落ち葉が新緑に変わる
環状彷徨の未来

光の中心は朝の散歩道と等しい
何処にも影がない

正確な鍵と言って母の霊から渡された父の霊によれば
かつてわたしはおまえを想像した
「頭の外にある世界」の考えでは
それを身体と呼んでいる

時間だけでできた言葉を焚くと
あらゆる詩は死に際で書かれていく

残された方の光の筋が一枚の絵になり
ありがたくて脳みそがはみ出てきそうな
絞め殺しイチジクに突っ込んだ目は
永久に一つだけ余り続けていく

＊「　」内はボルヘス『異端審問』（中村健二訳）から

規範と権力のバブ

人をえじきにしたときに敬礼したバブを
眺めていた側の印象もまた
「しかじかの者であれ」
とする一般的な役割を担うのが
同一的主体の罠の白昼に
啜られるひもじい思い
申し訳ないが食われたあとで統合されるのだよバブ
自分の人生を生きるということは

なるほど戒律は道徳的に割れ目を埋める
硫酸を満たしたバスタブで十秒耐えたら

朝焼けのような言葉と物になるために
監獄の外に出してやろう
権力の領域から自由がそうあるべきだと手順を踏むのだよバブ
他者の人生を生きるということは

可笑しいと思わないか
おまえ
どっちを食うか選べと言われたら
やりたい方を選ぶだろう

自律的な問い立てはセックスにとどまる
そこで連続性とは
生きて食われて死んで生き返り食う
軍事演習の影が色濃く見えるセックスに
摘んだ耳とか飾ってみて
おまえの尻は上下しながら

「個別的かつ全体的」に視聴され生産過程を来世に転用するのだよバブ
バブ・アフロディジア
死者の人生を生きるということは
あらゆる一つの人生を生きるということは

＊バブ　ジョージ・A・ロメロ監督の映画『死霊のえじき』に登場するゾンビの中の一人の名前。ゾンビとの共存を目論むローガン博士により研究用サンプルとして飼いならされ、わずかながらも知能と意志を持ちうるようになった。そしてその最初の意志とは「復讐」であった。

Hurricane

詩想はあるがままに望むところへと疾走せよ。
あの鳴り響く千本のファンファーレに囲まれ、
千年の精気のほとばしる黄金の暗闇に、
決して満ち足りることのない欲望を捧げに。
避けられないものを前にして、
おれもおまえも怠惰な絶望に沈んでいく。
そんな断崖を波の高さで埋めるために、
否定の両腕をエンブレムのように振りかざし、
驚くほど類似した惑星を想起せよ。

そして詩想はあるがままに望むところへと疾走せよ。

おれの望むものはおまえの望むものではない。
おまえの望むものはおれの望むものとはかけ離れている。
しかし逸脱しながら十人の娘が飛び降りた、
鉄筋校舎からうねり出る呪いの姿を、
妄想的な寓話で書き留める詩人の、
腐敗したエロス的志向もまた、
言葉でおまえの眼球に映しとられるだろう。
大切に擁護していた肉の塊を、
脳みそだけを残して食い散らかす姿の、
繊細な表記もまた、
言葉でおまえの舌の上に甘くのせられているだろう。
あらゆる神経は、
おまえが気づくよりもはるかに速く、
言葉をかたどり、
生殖器よりも麗しく、
おまえを突きつづける。

そのありえない把握の、
擬人化された水の流れよ。
まさに考察に値する法悦の深淵よ。

そして詩想はあるがままに望むところへと疾走せよ。
聞こえるか、
雨の音が。
青く晴れた昼間の街の喧騒の中に、
聞こえるか、
雨の音が。
おまえの望むものはおれの望む雨ではない。
おれの望むものはおまえの望む水の流れではない。
同時代の主観性を享受しようと、
熱く見せかけた涙を捏造する詩人を、
完全に切り捨てるために、
おまえの詩人は確固として存在せよ。

親密で人間的な機知を醸し出す、
倒錯した意味作用の糞尿を詩から抹消するために、
詩人のメカニズムは作動せよ。
いいか、
おまえ、
世の中は、
糞だ。

そして詩想はあるがままに望むところへと疾走せよ。
魂へ、
恐怖へ、
さかのぼれ。
常に欲望と交わり、
常に情動に従い、
常におまえの心臓のよりどころを地獄に見立てて、
感覚は感覚を食い合い、

最後に残った奥深いおまえと、
天空の間に築かれつつある、
強靭な塔の形を、
頭脳で表すこと。
無駄な肉体には蠅がたかり、
鉤爪を持った獣が、
彫刻家の上げる最後の悲鳴のように、
灰色に解体してくれるだろう。
おれの望むものはおまえの望むものではない。
おまえの望むものも堕落した想像力ではないはずだ。
光の影を通して、
おれもおまえも特徴づけられていく。
いいか、
人は死ぬ。
人は必ず死ぬ。
人は誰もが同じように必ず死ぬ。

このわかりきった宿命をわかりきっていながらも、
わかりきれない瑣末な行動で人を殺す、
殺す側のわかりきれない満たされ方と、
殺される側のわりきれない悲しみと怒りを、
ぶ厚く堆積した大地の恵みの嘘を、
時間という虚構とはかりあわせるために、
詩想は疾走せよ。
そして詩想はあるがままに望むところへと疾走せよ。

おまえの望むものがおまえの望むものであり続けることを。
おまえの望むものがおまえ以外の者の望むものと違うものであることを。
欲望に気づき、
欲望に近づき、
欲望にかしづき、
欲望を書きとり、

欲望を勝ちとり、
欲望をものにする。
ついに、
欲望はおまえに魂を売る。

そして詩想はあるがままに望むところへと疾走せよ。
晴れた昼間の街の喧騒の中で、
ただ一人、
おまえは雨の音を聞くだろう。
風の巻き起こるかすかな音を聞くだろう。
限りなく不可能な愛の対象を、
おまえは美しく聞くだろう。
おまえはここにいる。
ここにいることができる。
Hurricane、
Hurricane、

おまえはここにいる。
ここにいる。
ここにいることができる。

ダガス到来

救いなき町
踵臭い陽射し
銃声残響（ミテテュ・カンジェロ）に似た風
毒トカゲ（ミティカ・ジャロ）七本
丸焼けの建物
枯れたガソリンの轍
ゴムの焦げた臭い（ひとのにくのあじ）
ハラワタの格好で捻れた鉄骨
太陽は高く昇ったまま
光とともに腐り
すでに死に絶えていた

数分間泣いたあと
向こう側に移動したい衝動にかられ
砂地の二本の道の
茶色い目玉（ラ・キ・シュウ）の道標の方へ
異界が潜んでいない方へ
進む

これ以上進むのか？
すでに地獄に墜ちているのか？
そこの千切れた死体のポケットに
まだドラッグは残っているのか？
まだ進むのか？
望んでいるのか？
いつものドアが開いて
心地よい音楽が流れてくると思うのか？
血のついていない服と靴を見つけるのか？

他に誰がいると思う？
終わりなのか？
また始まると思うか？
ここはどこだと思う？
何があったと思う？
いま何時だと思う？
朝だと思う？
日焼けした夜だと思う？
それとも何も思わない？
何も思わないのか？
何も思うことができないのか？
何も？

残った花びらが激しく降り出す
その無垢な明るさの鱗に包まれて
心に引っかかっているもの

それは何か
何だったのだろうか
思い出せないし
もう何も思わない

透明な狂乱がいっせいに
祈りはじめるように波の形をつくる
どのくらい待つか
後戻りするか
もう何も思わない
地鳴りとともに倒れていく
巨大なサクラの樹（ダガシエ）のまわりは
敷き詰められた鳥たちの白い嘴で
休息が与えられている
永遠に去りゆくまでの
ただ一つの海（シイシ）

柔らかな棺桶の
波打ち際に横たわり
おれは
あらゆるもの全てに鍵をかける
川が流れていた
最後の音（ダガス）が聞こえた

ダガス伝道

「破壊されたアンガン」と呼ばれるインターフェイスで
かろうじて逃げ続けることが可能になる
いずれ神は追いつくことになるが
ここは魂の外として周囲に対峙する悪が測り合うだろう
座標が正されたときその在処の何かは壊滅する
巨大なる建造物（ナラ）しかり
もたらされるものは滅びでしかなく
享受された救いすら全てが
滅びの内にすぎないことを人は知る

シュトルツベルの第六次進化航海論が

並行世界の存在を実証し
チリのアタカマ砂漠の巨人（ネフィリム）地上絵から
双子の女型を召還したとき
事実上の半人半魚（オラン・イカン）時代が到来した
数世紀を経てついに神は交換可能となる
遙か古の書『ストーカー』からの言葉
「因果関係の原則がくずれた」
買い掛けの神と売り掛けの神とのトレード・オフ
出自不明のジョン・タイターの予知的言論の幾つかは
「ダビデの輪投げ」として
別次元世界への観察点にたとえられている

垣根（ナメクジ）の位置はどこだ
おれは必要なものだけを手に入れる
奴らが迫ってくる前に
おそらく緩和可能な状態に入るのはあと数日後

新しい神はそれまでの神に出会うことになる
暗闇の彼女は美しく
ギオシスとの闘いのあとは優雅な死を踊るために
末永く鳴り響く太鼓とともに谷へ下り
羊の肉を供える楽隊を次々に支配するだろう
それこそがおれの嘆き
羽か挽歌か
幕切れの光が漆黒の歌に近づいていった

偉大なる呪術者と讃えられた
「雄鳥の喉」シク・タエは
多変量下にあるおれの因子の一つ一つを
「水掻き雛」で結合する
その解析モジュールに関しては疑いの余地はなく
おれは反映する死後のパターンにおいて
混沌とする火と水の境界で降雨の規則性にあてがわれる

人は空を形成するための思考する器官である
人は魚を成長させるための不具合な性器である
人は鉱物を分離するための連鎖的情報であり
人は雨を循環させるための意識的言語の堆積物である
性的融合が複製をいびつに変態させ続けていく事象に
意外性を示さないことが
おそらくは人の進化の過程において
いずれ代価を求められることになるのだろう
それが人の背負う未来への傷痕であるならば
火と水の境界で雨を待つ
火と水の境界で再び滅び再び雨を待ち
火と水の境界で繰り返し滅び繰り返し雨を待つ

異なった世界のためではなく
交換される世界のために
おれは逃げながらも待っている

接合子は二揃いの染色体により新たな神話を創り
神話は例外なく英雄的偉業として
地と空と火と木と生き物と人を創る
言葉が物語の罪深い部分にまで及ぶことを禁じながら
直接的あるいは間接的に
彼女は両手をこちらにさしだす格好で現れる
最初は遠く彼方の星
次は別の時間から
その次にはこのエリアの入り口
最後にはおれの真後ろ
光の気配に振り向くと神はそこにはいない
イメージの中でさしだされた両手の残像も
一瞬にして消え失せる
生まれた家の窓から見せ物小屋を探している小さな少年は
おれではない
違うものが顔を覗かせている

すでに異なった世界が生まれたことなど知る由もないが
おれの中で双子は議論を重ね
導いた答えは完璧だった
ある日突然冴えない脊椎動物が
なんなく愛情を手に入れたように
彼女が両手をこちらにさしだす格好で現れたとき
直接的にあるいは間接的にも
おれは死んだ

さがしていた片割れを見つけたのは川だった
浮かんでいた
審問（シュニ）を終えて賢者が理解したのは
神が死ねば神の死がわかることだけではなく
博物館で拘束されていた
背中を丸めた拷問器具の汎用性についてであった
あの歌は知っている

「彼女は僕のもの」
ハイウェイは恐ろしく渋滞していて
太陽が差し染める朝の暖かさを受け入れる余力もない
こっちの話を聞けよ
おれは叫んだが
世界には届いていないのか
あるいは聞こえないふりをしているのか
静かな喧噪という笑い出したくなる風景が
どこまでも広がっている
なぜ宇宙から命は生まれたのかを
確率的補正体モデルが問いただすことなど無意味に
世界はどこまでも広がっていき
予め承諾された力は
それに挑む力を待ちこがれる身振りで
鳥のさえずりの大きさを増していった

審問(シュニ)を終えた賢者は新しい道具の使い途を思いつき
嬉しそうに引き上げられた死骸を跨ぐと
位相は一つながりになった

ガンズ・ウェ

救済の11なのかもしれない罪を犯してみよ。ティコ・ブラーエの余りある観測記録の中の女神が呑み込まんとする太陽に受け入れがたい周期、ウラニボルグそれは天の城それはケプラーがアリストテレス的な美の均衡を捨てついに毒を獲た楕円、日よとどまれ月よとどまれ、コヘレトの言葉よりも先にアリスタルコスは日にとどまらず月にとどまらず、大きな乗り物ではないか。確か木の茂みの中に入ると人はかの存在を知ると言われ、霊柩車は棺桶を落として止まる。通路が碑文を読んでいる。大理石のカントであったにも拘わらず風は収まる。フィネであったにも拘わらずイク。収束点列。

それから家の鍵は玄関先の右側のちょうど地球の中心の下にあるから、それから自分の尾を呑み込もうとしてね、それからちょうど東の水平線から昇る丸い領域と生き物の輪が重なる知的価値なんかないから、それから驚いた顔を見せるの。ちょうど木立ちごしに静かな雨音が無意味に兵隊たちの首すじの毛を撫でるように、それから首輪は必然的に宇宙を平坦にするからちょうど走ってやってくる兵隊たちに、両手と両膝をついてケツを向けなさい。神に愛されし真のアクア・ヴィタ－ェは最もよい部分を意味する言葉だった。フィネであったにも拘わらずイク。収束点列。

暴力は距離の二乗に反比例する。人間は神と峻別される距離に比例する重力に神を予兆する、その行為を称える応用可能性は極めて高く、物質が水のままでとどまることは一つの不可動的シンボルであり、あるいは自己同一の認識が技術的な宗教を目指しているから、儀式の意義は殺すことで生きる形態構造である、と祭司は言った。ベラ・クーラの仮面やホルスに乳をやるイシスあるいはダークマターあるいは死と同じような隠喩。死と同じように死と同じような隠喩。死と同じように死と同じような隠喩と同じような死。死は隠喩と同じように同じような死と同じような隠喩。目覚めたら蘇る。「永遠は時間が生んだものを愛している」ブレイク。あなたとわたし。あと油も。

祭壇に火がいるから、燃えて死ね。フィネであったにも拘わらずイク。収束点列。

警察がきちんと分析したのだから、落ち着いて話をしなければいけない。とても怖い心霊写真を何枚も眺めていたら、おまえも死ねと耳元で声が聞こえました、心霊写真に写っていた女の幽霊が動きはじめたと思ったとたんに顔がこちらに迫ってきて、口を大きく開けて笑いました。生臭い息でした。大きく見開いた汚く血走った目には瞼がありません、ずっとこっちを睨みつけているのです、心霊写真から目をそらして後ろを振り返ると、その女が立っていて首を閉めようとしました。何にも見えないから、ねえ助けてよ。助けて、助けてください。静かにしなさい、答えはノーだ。どのみち人は木を燃やしはじめるだろう。袋に中身をしっかり詰めて、こぼれないようにしっかりと口を縛っておけ、死と同じような隠喩は。時間がなくなると理由がいらなくなるから、死なない。フィネであったにも拘わらずイク。収束点列。

定量的に膨張する、何が膨張するそのガスのバリオンの不可視物質の何が、この肉体からこの手元からどこまでが何で何が膨張する、何がインフレーション過程で、何がプラス曲率で、何が幾何学を成立させ、何がいま選ばれ、何がいま生かされ観測され、何が死と同じように原因と結果を持ち、何が死と同じような隠喩という膨張する隠喩を支持する。荒々しく辻褄の合わない形式美を私は宇宙として触れていたい。首を絞められた挙句に生きのびたい。「あなた方のほうが真理の前におののいているのではないか」ブルーノ。「私は神の考えについて考察しているのである」ケプラー。いいや何が膨張し、そして誰がいったたい。フィネであったにも拘わらずイク。収束点列。

たばこ切手お酒宅配便オリジナルコーヒー危険エスカレーターの異常持ち込み禁止立入禁止終日禁煙駆込み禁止切符売場改札新木場方面各駅地下鉄直通のりかえ志木２２３１歩、戸ぶくろに引きこまれないよう開くドアにご注意下さい。ドアが開く。引きこまれる。引きこまれるという一回性の出来事を語った世界両親の死体から生まれる世界の遠地点にある太陽にはまだ到着しない。志木駅乗車目標２３２５歩で今朝の出口へ。太陽がまぶしい。太陽がまぶしい数、太陽がまぶしい数、数を伸ばす。放置されている自転車は撤去しました、あと3歩ちょうど３０００歩の太陽の戸ぶくろ。太陽がまぶしい。太陽がまぶしい数、数、数、数がまぶしい。すごいね、人間は頭と体を切り離せるんだよね、死ぬけど。フィネであったにも拘わらずイク。収束点列。

思わず頭をふってそのイメージを払ったのだが、口にだしてそう言ったのかは覚えていない。世界が鬱蒼とした緑に覆われていた時代から、おれの体は鳩小屋の一つでしかなく、肋骨を抜かれた脇腹の痒みと胡桃のように縮み上がった睾丸は二度とエレメンツとせめぎ合うことは止めろと警告していた。あれほど信頼していたはずのロープを、首から外そうとしている。虚空をつかもうともがく格好の枝が軋んでいる。最後の者として生きることは、自分が逃げ出したばかりの部屋でハエの群を追い払い続けることだと息の根を止めずにそのイメージだけを払った階段のしたの暗闇の底で、おれはチクチク刺さってくるみたいな感じ、すわれよ、だが絶叫を喘ぎに変えることなど、おれはキルティムッカ栄光の顔の愛の巣でおれのルールに従う。体は火照っているが、とるべき道はときには暴力を使わずに、引き裂かれた感情の邂逅を神聖な怪物との朝食のように楽しむのだ。どっちにする。ぱらぱらと音を立てて何かが降りはじめた。フィネであったにも拘わらずイク。どっちにする。毎日同じ何かが繰り返している。どっちにする。何かがうなずいて意識をからめとる。どっちにする。笑いさざめく声に何かがイカれたのなら。どっちにする。何かの感触が戻ってくるのなら。どっちにする。わかっているくせに前と同じ。どっちにする。境界が全部閉じているわけではないから。どっちにする。天文表は何度も改訂されてきているから。どっちにする。バビロニアでの六十進法ですでに秩序は人と月と太陽を分け。フィネであったにも拘わらずイク。どっちにする。ティコは観測データの精度の高さゆえに毒殺され。フィネであったにも拘わらずイク。どっちにする。宇宙を信用していないから。どっちにする。荒れ野から戻ってきて。どっちにする。何か隠れた手、救済の１１、１１３２あるいは３２１１で。フィネであったにも拘わらずローマ人の手紙でイク。どっちにする。収束点列。どっちにする。フィネであったガンズ・ウェでイク。収束点列。どっちにする。収束点列。どっちにする。ベッドに戻ってきて。どっちにする。ベッドに戻ってきて。どっちにする。ねえベッドに戻ってきて。どっちにする。早くベッドに。どっちにする。ねえベッドに戻ってきて。どっちにする。早くベッドに。どっちにする。ねえベッドに戻ってきて。どっちにする。ねえベッドに戻ってきて。どっちにする。ねえ。ベッドに。どっちにする。どっちにする。どっちにする。地獄。

めたすた死す

ししし
とんぼ
とんでん
ひくい　そら
あし　の　しげった
ち　の　いろを
まとう　じかん　の　よこぎり　を　よこぎる　よこ
ぎりいく　おと　の　かぜ　の　とぎれる　せんじょう
を　むこう　の　みず　が　いま　われる

（さんふっ　の　ろ）

死になさい
（やそひ　の　じ）
よみがえりなさい
（ご　とう　の　は）
そして
死になさい
ぞうげ　の　かみそり　ゆみなりそった
せなかなどに　おもいやりを
「し　になさい」

（しきい　の　ぬ）

いちわ　の　とり　はれつ

そして
よみがえりなさい

よ　み　が　え　りなさ　い

（ひゃく　の　しず　ひゃく　の　しゅ　の　ふ）

よ
みが
　え　りな
さ　いよ　み
が　えりな　さ

　い　よみが　えり　なさ
　いよみ
がえりな　さい　よみ
がえり　なさい
よみ　が　　　えりな　さい
よみがえ
　りな　さいよみ　がえりなさ
い　よみがえりな　さいよ　みがえりなさ　い
よみが　えり　なさいよみ　がえりなさい　よ
みがえりな　さいよみ　がえりなさい
よみがえりなさい　よみがえりなさいよみがえり
　なさいよみがえりな　さい　よみがえりなさいよみ
　がえ
り　なさいよみがえりなさいよみがえりなさい　よみがえりなさいよみがえりなさい
よみがえりなさいよ　みがえりなさい　よみがえりなさいよみ　がえりなさい　よみ
がえりなさい　よみが　えりなさいよみがえりなさいよみがえりな

さ　い　よみがえりなさいよみがえりなさいよみがえりな　さいよ
みがえりなさい　よみがえりなさいよみがえりなさいよみがえり千の柩が敷きつめら
れた丘の
夕暮れなさい　よみがえりなさ　の幕を翻した風の悲歌へ緩やかに星が寄る影に棲む
草花は蓋を開き光の残していい
よみがえりなさいよみが　った躊躇いの雫でえりなさい　よみが見えない夢がほころ
びそうな縫いえりなさい　よみがえりなさいよみがえりなさいよみ目を　繕いはじめ
る一日の間で奪われた　がえりなさい命とよみがえりなさい　よみがえりなさいよみ
がえりなさ　生まれた命の数の差を鳥たち　いよみがえりなさいよみがえりなさいが
数えそれぞれの巣に運び終えるよ　みがえりなさいよみがえりなさいよみがえりなさ
いよみがえりなさいよみあなた　は水の絵を書く全ての息ががえりなさい　よみがえ
りなさい沈むほうへあな　たは書くよみがえ　りなさいよみがえりなさ　いよみがえ
りなさいよみがえりなさいよみがえりなさい水の　絵を全ての息の沈むほうへよみが
えりなさい水の絵を全ての息の沈むほうへよみがえりなさい水の絵を全ての息の沈む
ほうへよみがえりなさい全ての息の沈むほうへよみがえりなさい全ての
息の沈むほうへよみがえりなさい全ての息の沈むほ

うへよみ　がえりなさい全ての　息の沈むほう
へ　よみが　えりなさい全　ての息の　沈む
　ほうへ　よみがえり　なさい　全ての息　の
沈　むほう　へ　全て　の息の
　沈むほ　うへ　全ての息の　沈む
　　ほう　へ　全　ての　息　の
沈む　　ほうへ　全て　の　息の
　沈　　む　ほう　　　へ
全　て　の息の　沈むほ　う　へ　全　て
の　息　の　　沈　む　ほ　う　へ　　全　て　の
　　　息　　　の
　　　沈　　　　む　ほ
　　　　　　　　　　う
　　　　　　　　　　　へ
　　　　　　　　　　　　　　　よみ　が　えり　　なさい

（にへだて　の　ち）

ししし
とんぼとんでん
っぽくも

（の　ろい　の）

あける
みる
はなたれる
お　と
たのしい　みみ　の　いたみ　は　みたい
けいれんする　はね　の　よう
しにむかう　はね　の　よう

（ぐぶ　の　じ　も　もじ）

死になさい
よみがえりなさい
そして
死になさい

＊この詩篇は楽譜として書かれている。魔法の笛で歌うために。

魔笛（まてき）

著者　広瀬大志（ひろせたいし）
装幀　中島浩
発行者　小田久郎
発行所　株式会社思潮社
一六二－〇八四二　東京都新宿区市谷砂土原町三－一五
電話　〇三－三二六七－八一五三（営業）八一四一（編集）
ＦＡＸ　〇三－三二六七－八一四二
印刷　三報社印刷株式会社
製本　小高製本工業株式会社
発行日　二〇一七年十月一日